Capítulo uno

Hoy es el cumpleaños de Ben Sullivan. Tiene 17 años. Sabe lo que quiere por su cumpleaños. Quiere un auto. Quiere tener su propio auto.

Ben Sullivan no tiene carro. Tiene muchas cosas pero no tiene su propio carro. Quiere tener su propio auto.

Vive en una casa grande en San José, California. Tiene ropa nueva y bonita. Tiene una casa con piscina y muchos cuartos. Es muy guapo y su novia es muy bonita. Juega al baloncesto en el equipo de su escuela.

Su novia se llama Mindy. Ella es muy popular en la escuela. Los dos son buenos estudiantes. No son excelentes estudiantes pero son buenos.

Hay solamente una cosa que Ben quiere y no tiene. No tiene su propio auto. Es terrible. Cuando va a alguna parte, tiene que ir en el carro de sus padres o ir en el auto de algún amigo. A veces va a pie a la escuela porque no tiene carro. Y su escuela está a un poco más de una milla de su casa.

Lo único que quiere es un auto. Tiene que tener su propio auto. No quiere manejar el coche de su madre. Es ridículo. Tiene mucha vergüenza porque el carro de su madre es muy grande. Es un carro familiar. No es el carro de un joven. Es un van y a Ben no le gusta. Quiere tener un carro deportivo.

Ben cree que un carro es el regalo perfecto por su cumpleaños. Todos sus amigos tienen su propio carro así que Ben piensa que él necesita su propio carro también. Su amigo Steve tiene un Ford Mustang. Alex tiene un Toyota Camry. Y John tiene mucha suerte. Tiene un BMW.

Todos los estudiantes populares de la escuela tienen autos. Ben asiste a una escuela particular. En esta escuela los estudiantes que no son muy populares manejan el carro de la familia. Hay algunos que ni siquiera tienen un auto. Van a la escuela en bicicleta. Ben cree que no es normal porque no tiene su propio carro como los otros estudiantes populares. Para Ben, tener un carro es más que una necesidad. Y ahora es el momento de tener

Mi propio auto

Lisa Ray Turner y Blaine Ray

Nivel 2 - Libro A
la primera de cuatro novelitas
de segundo y tercer año

Editado por Verónica Moscoso y Contee Seely

Blaine Ray Workshops
3820 Amur Maple Drive
Bakersfield, CA 93311
Phone: (888) 373-1920
Fax: (661) 665-8071
E-mail: BlaineRay@aol.com
www.BlainerayTPRS.com

y

Command Performance Language Institute
1755 Hopkins Street
Berkeley, CA 94707-2714
U.S.A.
Tel/Fax: 510-524-1191
E-mail: consee@aol.com
www.commandperformance.ontheweb.com

4/27.2

Mi propio auto

is published by:

Blaine Ray Workshops, which features TPR Storytelling products and related materials.

&

Command Performance Language Institute, which features Total Physical Response products and other fine products related to language acquisition and teaching.

To obtain copies of *Mi propio auto*, contact one of the distributors listed on the final page or Blaine Ray Workshops, whose contact information is on the title page.

Cover art by Verónica Moscoso.

Primera edición: marzo de 2003
Segunda edición: mayo de 2003

First Edition published March, 2003
Second Edition published May, 2003

ISBN 0-929724-74-7

uno.

Va a salir esta noche con sus padres a un restaurante elegante para comer. No quiere ir con ellos pero piensa que sus padres le van a dar algo por su cumpleaños. Cree que le van a dar la llave de un auto nuevo.

¿Qué tipo de carro es? Puede ser un carro deportivo. Un carro azul con mucho poder. Puede ser un Jeep para manejar en las montañas. Puede ser un Volkswagen pequeño para ir a la playa.

A Ben no le importa mucho la marca del carro. Solo quiere un carro, un carro bueno, un carro nuevo. No le importa el color. Lo único que no quiere es un van o un carro familiar. Quiere un carro como los otros carros de los estudiantes de su escuela.

—Ben, ¿estás listo para salir a comer? —le pregunta su madre.

La madre está en la oficina. Está trabajando en su computadora. Su trabajo es vender casas. Es una de las mejores vendedoras de San José.

—Sí, mamá, estoy listo —le contesta Ben a su madre.

Ben está en su cuarto. Él también está trabajando en su propia computadora. Le escribe un mensaje a una amiga.

—Acaba de llegar tu padre así que vamos a salir dentro de poco —dice la mamá—. Vamos a tu restaurante favorito.

Ben está contento porque van a ir a un restaurante superbueno. Le gusta comer carne con papas. También sirven helado y pasteles de postre. Le gusta muchísimo. La familia de Ben sale a comer en restaurantes mucho, porque no hay hermanos ni hermanas en su familia. También porque los dos padres trabajan y no hay tiempo para preparar una comida después de trabajar todo el día.

Cuando entran en el restaurante, una camarera los saluda. Todas las camareras conocen a la familia de Ben porque comen allí mucho. También siempre les dan una buena propina.

—Ben, tenemos una sorpresa grande para ti esta noche. Sabemos que es tu cumpleaños y queremos darte la sorpresa esta noche —le dice su madre.

—Fantástico —contesta Ben.

Ben se pone muy contento porque piensa que por fin va a tener su propio auto. Sabe que lo va a tener ahora. Mira a su mamá. Ella tiene una sonrisa bonita. Seguramente está supercontenta.

—Tu cumpleaños es un día muy especial —le dice la madre.

—Es muy cierto, mamá —contesta él.

Ben se levanta y camina hacia la ventana. Mira afucra. ¿Hay un carro nuevo afuera? ¿Dónde está el carro nuevo?

Ben tiene hambre. Vuelve a la mesa. Puede ver su carro más tarde. Ahora solo quiere comer. Puede manejar el carro después de comer con su familia.

La familia está en su lugar favorito del restaurante. Siempre les dan la misma mesa buena. La mesa está localizada en un rincón del restaurante. Está un poco lejos de las otras mesas. Todo es muy privado. Pueden hablar sin escuchar las conversaciones de otros clientes. Ben piensa: "Voy a tener un auto y voy a venir a este restaurante. Voy a venir en mi carro nuevo. Me gusta este restaurante." Pero primero tiene que comer.

—Ben, estamos muy orgullosos de ti —le dice su madre—. Ya tienes 17 años. Increíble. El tiempo pasa tan rápido.

Ben cree que su madre dice cosas tontas a veces. No sabe por qué. Solo sabe que dice cosas tontas a veces.

—Sí, hijo. Estamos muy orgullosos de ti —le repite su padre con una voz muy seria.

Toda la familia pide bistec. A Ben le gusta. A Ben le gusta comer. Come mucho. Come mucho, especialmente cuando está en un restaurante elegante. Toma un buen desayuno cada mañana. Come pizza o hamburguesas cada día en el almuerzo. Le encanta comer. Pero esta noche quiere comer más rápido. Quiere terminar con la comida porque quiere ver su regalo de cumpleaños.

—Me gusta comer aquí en el Steak Palace. Es un restaurante excelente —les dice el papá.

—Sí, a mí me gusta también. Gracias a ustedes —les contesta Ben.

Ben termina con su comida en dos minutos. Quiere tener su regalo lo más rápido posible. Quiere tenerlo ahora.

—Estoy listo para el postre. Voy a comer helado hoy ya que es mi cumpleaños —les dice Ben.

—Siempre estás listo para comer el postre

—le responde su mamá.

La camarera aparece y toma la orden para el postre. El Sr. Sullivan no quiere comer postre. La señora no quiere postre tampoco. Los dos están a dieta y no quieren engordar.

En un minuto la camarera viene con el helado. Es helado de chocolate con crema y una cereza roja. Ben comienza a comer con gusto. Le encanta el helado con chocolate y crema. Ben termina y su madre le dice:

—Ben, es hora de darte tu regalo de cumpleaños.

Ben mira a sus padres. Está nervioso. ¿Cuál es la marca del carro? No puede esperar más.

—Ben, te tenemos un regalo muy especial este año —le dice la madre.

—Sí. Es un regalo muy especial —asegura su papá—. Es un regalo que va a cambiar tu vida. Es un regalo increíble.

Un carro va a cambiar su vida. Va a ser más popular y tener más amigos gracias a su carro nuevo. Va a cambiar su vida muchísimo.

—¡Qué bueno! —les contesta Ben—. Me gusta. No puedo esperar más.

El Sr. Sullivan saca algo de su camisa.

—Bueno, ya no tienes que esperar más. Feliz cumpleaños —le dice el Sr. Sullivan.

Su padre le da un sobre. Ben está seguro que contiene la llave de un carro. Está muy nervioso. Ben abre el sobre. Saca un papel. ¿Saca un papel?

Ben mira el papel. No es una llave sino un boleto de avión.

Ben mira a su mamá. Ella tiene una expresión de felicidad en su cara. Está muy contenta.

—Ben, mira. Es un boleto de avión. Míralo —le dice su madre.

Ben está muy sorprendido. No quiere ver el boleto. No hay llaves. No hay un auto nuevo. Va a tener que ir a pie todavía. No quiere tener un boleto de avión. Solo quiere un auto.

Ben deja de pensar en el carro. Un boleto de avión no es malo. Probablemente es un viaje a Europa o Hawai. Puede ser un crucero a una isla en el Caribe. Puede pasar tiempo en la playa, tomar Coca-Cola y mirar a las chicas. No está mal. Realmente parece interesante.

Al mirar su boleto, él entiende. Es un viaje a...

—El Salvador, hijito —le dice el Sr. Sullivan—. Vas de viaje a El Salvador.

El Salvador. ¿El Salvador? Ben no sabe exactamente donde está El Salvador. Lo único que sabe es que no está en Europa. No es París ni Roma ni Londres. Probablemente no hay playas bonitas con chicas. El Salvador es el último lugar en el mundo que Ben quiere visitar.

—¿El Salvador? —les pregunta Ben con una voz suave.

—Oh no, Ben. No te ves contento —le dice la Sra. Sullivan—. Es que todavía no sabes todo. Hay más.

¿Todo? Tal vez le van a dar un auto nuevo en El Salvador y puede volver a California en su auto.

—Ben —le dice la señora—, este año tu regalo es muy especial. Es mejor que un juego de video o una computadora o un carro nuevo.

—¿Qué? —pregunta Ben. No hay nada mejor que un carro nuevo.

—El regalo este año es una experiencia. Una experiencia de vida —le contesta el padre.

—¿Una experiencia de vida? —pregunta Ben. Él se siente un poco enfermo.

—Sí. Una experiencia de vida. Vas a El Salvador para ayudar a las personas pobres. Vas a construir casas este verano —le contesta el Sr. Sullivan.

—¿Por qué voy a hacer eso? ¿No tienen casas? —les pregunta Ben. Ben trata de recordar exactamente donde está El Salvador. Piensa que está en Centroamérica o Sudamérica. No está seguro. Pero no es un lugar de diversión.

—Hace dos meses hubo un terremoto en Centroamérica. ¿Recuerdas? Miles de personas en El Salvador perdieron sus casas. Es una situación horrible —le responde el padre.

—Y tú vas a tener la oportunidad de ayudar a las personas sin techo. Vas a pasar el verano en El Salvador construyendo casas —le dice la mamá—. ¿No es emocionante?

—Mamá, papá, no quiero ir. No quiero construir casas. No quiero ir a un país en Centroamérica para trabajar. Quiero jugar al baloncesto durante el verano. Quiero pasar tiempo con Mindy. No quiero ir a El Salvador.

—Ben, ¿qué pasa? —le pregunta la señora.

—Mamá, esto es absurdo. No quiero hacerlo. Quiero jugar en la computadora durante el verano.

—Pero Ben, este regalo es por tu cumpleaños —le contesta su padre.

—Quiero un auto por mi cumpleaños. Quiero un auto como los autos de mis amigos. Quiero ser normal como los otros en la escuela con autos nuevos —les responde Ben.

—Sabemos que quieres un auto. Pero queremos darte algo mejor —le contesta la madre.

—Oh sí, una experiencia de vida. ¡Qué bueno! —les dice Ben sarcásticamente.

—Pero también hay un carro en el plan. Es parte del regalo. Si vas a El Salvador y si pasas todo el verano allá, vas a tener un carro nuevo después del verano.

—¿De veras? —pregunta Ben, muy sorprendido.

—Sí, es cierto. Después del verano vas a tener un Ford Mustang o Chevy Cavalier. Pero solamente si pasas todo el verano allá. La gente allá necesita tu ayuda.

—Uds. solamente quieren estar solos este verano —les responde Ben.

—No es eso. Vas a tener la experiencia de tu vida —le contesta el padre.

—Está bien. Voy a El Salvador. Después vuelvo y voy a tener mi propio carro. Está bien. Me gusta —les dice Ben.

Ben mira el boleto. No lo puede creer. El regalo es un viaje a El Salvador para trabajar. No es regalo sino más bien castigo. No lo entiende. Es un chico bueno. No necesita una experiencia de vida. Necesita un carro. No necesita ayudar a las personas. Ya tiene amigos. Puede ayudar a sus amigos. ¿Por qué tiene que ir a El Salvador? Es un chico bueno. No toma drogas ni bebe alcohol. No fuma. Es un chico bueno. Pero no importa. Va a tener su carro.

—¡Feliz cumpleaños! —le dicen los dos.

—Sales en dos semanas —le dice el papá.

—Gracias —les contesta Ben—. Creo que voy a tener la experiencia de mi vida.

Capítulo dos

—No lo puedo creer. ¿Por qué vas a El Salvador? ¿Por qué no les dices a tus padres que no vas? —le dice Mindy por teléfono.

—Porque quiero un auto —le contesta Ben—. Si me quedo en El Salvador todo el verano, me van a dar un auto. Necesito un carro. Voy a estar en mi último año de la escuela.

—Es cierto que necesitas un carro —le dice Mindy.

Mindy ya tiene su propio auto. Es un Volkswagen amarillo. Sus padres se lo dieron cuando cumplió 16 años.

—No me gusta cuando tengo que ir con mi madre en su miniván —contesta Ben.

Mindy es una novia buena y muy bonita.

—En tres meses no voy a tener que usar el miniván de mi madre —le dice Ben, feliz—. Voy a tener mi propio auto. Tú puedes venir conmigo en mi propio auto.

—¡Qué bueno! —le contesta Mindy—. Porque prefiero estar contigo si tienes tu propio carro.

Ben está un poco preocupado por Mindy. Ben se va a El Salvador y Mindy, por ahora, se queda aquí. Mindy es muy bonita y popular. Todos los chicos quieren estar con ella.

—Mindy, solo tienes que esperar tres meses y estoy aquí de nuevo. Y voy a tener mi propio auto. Todo va a ser mejor —le dice Ben a Mindy.

—Podemos hablar después de tu viaje a El Salvador. Voy a estar muy ocupada durante el verano —le dice Mindy—. Voy a viajar a Europa. Voy a París por un mes. También voy con mi familia a la playa en el sur de California. El verano va a pasar rápidamente. También tengo que comprar muchas cosas durante el verano. Tengo que comprar ropa y zapatos. Tengo muchos zapatos pero quiero más porque es mi último año de la secundaria. No puedo comenzar mi último año sin zapatos nuevos.

Ben sabe que Mindy es muy bonita. Siempre se ve tan bonita con su ropa elegante y sus zapatos nuevos.

—Tú eres fabulosa Mindy —le dice Ben.

—Gracias, Ben —le contesta Mindy—. No

tienes que decirme fabulosa. Ya lo sé.

Capítulo tres

Ben va a ir a El Salvador y necesita saber más sobre el país. Va al lugar más lógico para encontrar información. Va a su computadora para navegar en internet.

A Ben no le parece muy interesante El Salvador. Él va porque necesita un carro. El Salvador es un país pequeño. Es del mismo tamaño que Massachusetts. Es un país pobre. No tiene muchos lugares turísticos. La ciudad más grande del país es San Salvador. San Salvador también es la capital. Llueve allá mucho durante el verano. San Salvador no tiene Disneylandia.

Ben lee mucho sobre El Salvador. Parece que es un país bonito con montañas bonitas y playas preciosas. Eso no le importa mucho a Ben. A Ben le importa Mindy. A la mamá de Ben le importan las montañas bonitas. A su papá le importan las playas bonitas. A Ben le importa Mindy. También le importan la tele, juegos de video y su computadora.

Una cosa es cierta. La gente de El Salvador necesita la ayuda de Ben. Mucha ayuda. Hace unos meses hubo dos terremotos grandes y fuertes en El Salvador. Muchas personas murieron. En un pueblo se cayeron todas las casas. Las casas se cayeron porque estaban construidas de adobe. En otros pueblos se cayeron la mayoría de las casas. Es muy cierto que la gente de El Salvador necesita la ayuda de Ben. Ellos necesitan la ayuda de muchas personas.

De todas maneras, Ben no quiere ir. No tiene ganas de ir a El Salvador. Quiere pasar el verano en su casa con sus amigos. Quiere jugar al golf y al tenis. Quiere nadar y divertirse. Ben va porque quiere tener su propio carro. Es un sacrificio pero Ben va. Si no va, tiene que manejar el miniván de su madre otro año más. Y Ben no quiere hacer eso.

Dos semanas más tarde, Ben se sube a un avión y se va a El Salvador. Su avión aterriza en el aeropuerto de San Salvador. Ben se siente bien. Cuando sale del avión, un hombre se acerca a Ben. El hombre tiene ojos castaños y pelo negro.

—Hola —le dice el hombre—. Tú eres Ben

Sullivan, ¿no?

—Sí, soy Ben —responde.

—Bienvenido a nuestro hermoso país —le dice el hombre—. Soy Juan Salinas de Casas para El Salvador. Es una agencia que construye casas para los salvadoreños. Estamos muy contentos de tenerte aquí. Hay mucho trabajo que hacer aquí en este país.

Ben está cansado por el viaje. Está cansado porque hubo muchas fiestas en California para él. Mucha comida. Muchos refrescos y música. Hubo muchos besos y abrazos.

—Vas a quedarte con la familia Zamora aquí en El Salvador.

Ben trata de entender las palabras del Sr. Salinas. El señor habla rápido y es difícil entenderlo todo. Ben estudió español cinco años en la escuela secundaria pero su profesora hablaba más despacio que el Sr. Salinas.

—La familia Zamora es una familia muy buena y unida. No viven muy lejos de San Vicente —le dice el Sr. Salinas.

—San Vicente —le pregunta Ben—. ¿Dónde está San Vicente?

—Está a dos horas de San Salvador —le contesta el Sr. Salinas—. El terremoto destruyó mucho de San Vicente.

—¿Qué quieres decir? —pregunta Ben.

—El terremoto destruyó muchas casas —le contesta.

El señor se ve triste cuando habla.

—Destruyó muchas casas y edificios. Destruyó iglesias. Destruyó pueblos enteros. Muchas personas murieron. Es tan triste.

El señor Salinas hace la señal de la cruz cuando habla de las personas muertas.

—Miles de personas perdieron sus casas. Muchas necesitaban atención médica. Fue terrible —explica el Sr. Salinas.

—Parece horrible —dice Ben.

—Vamos a necesitar muchos años para hacer las construcciones de las casas destruidas. No hay suficientes personas para ayudar en la construcción. La gente vive en tiendas de campaña. Están acampando día y noche. Por eso estamos muy contentos de tener jóvenes aquí que nos van a ayudar —dice el señor Salinas.

Ben no se siente como el señor. Ben no quiere estar en El Salvador. Está cansado. Tiene hambre. Tiene calor. Está muy lejos de California. Quiere ir a su casa, comer y jugar juegos en su computadora. Luego quiere dormir mucho.

El señor Salinas y Ben recogen las maletas. Salen del aeropuerto. El señor comienza a caminar. Ben cree que van a un auto. Pero no. El señor Salinas camina hacia el autobús y se sube con la maleta de Ben. Ben se sube también. Es un bus viejo como los buses amarillos en California que transportan los niños a la escuela.

El autobús es muy viejo. Está pintado de muchos colores diferentes: rojo, verde y azul. El autobús parece extraño. Ben realmente no sabe si van a llegar a San Vicente. No quiere ir en el autobús pero no hay otra opción. No puede ir a pie.

El autobús lleva muchas personas. Hay un joven que recoge el dinero para pagar el viaje a San Vicente. Hay una mujer que está vendiendo fruta. Ella mira a Ben y le pregunta:

—¿Norteamericano?

— Sí —le contesta Ben.

—Tienes el pelo claro —le dice la señora—. Tú eres rubio. Me gustan tu pelo claro y tus ojos azules. Tienes ojos bonitos.

La mujer es simpática. Tiene una falda roja con una blusa morada. Se ve vieja y cansada.

—Gracias —le responde Ben a la mujer. Se siente extraño. Él es el único en el autobús con pelo rubio y ojos azules.

—¿Plátanos*? —la mujer le pregunta—. Muy baratos.

Los plátanos se ven muy buenos. Ben verdaderamente tiene hambre.

—Sí —contesta Ben. Ben tiene colones y tiene dólares. No sabe cuál quiere la mujer. Le pregunta:

—¿Quiere el dinero en dólares o colones?

—Aquí en El Salvador da igual. En todo el país se aceptan dólares o colones. Es un país dolarizado —le explica la señora—. Todos aceptamos dólares o colones.

Ben le da una moneda de veinte cinco centavos de los Estados Unidos y toma los plátanos. Piensa que es muy raro estar tan lejos de California, donde todo es diferente y todavía puede comprar plátanos en la calle con una moneda de los Estados Unidos. Alguien le dijo

* *Plátano* es la palabra más común en español por esta fruta que se come cruda (sin cocinar). En El Salvador la palabra que se usa es *guineo*. En ese país la palabra *plátano* se usa por la fruta que se cocina.

a Ben que se puede pagar con dólares en El Salvador y Panamá pero no se puede hacer esto en los otros países centroamericanos. En los otros países centroamericanos hay que pagar con moneda nacional.

Ben come un plátano. Está bueno pero Ben tiene mucha hambre. El autobús pasa un McDonald's y ahora Ben tiene ganas de comer comida americana. Sabe que hay McDonald's y Pizza Hut en la capital, San Salvador, pero no en San Vicente.

Ben se siente incómodo ya que está en un país donde todo le parece diferente. Extraña su casa, su familia y todo de California. Extraña su computadora. Extraña su piscina. Extraña a sus amigos. Extraña a Mindy. Y hasta extraña la escuela.

El autobús sale de San Salvador y pasa por el campo fuera de la ciudad.

—Todo esto es fascinante —le dice el Sr. Salinas—. Me encanta estar aquí en El Salvador.

Ben piensa: "¿Le encanta? ¿Cómo es que le encanta? No me gusta nada de aquí. No hay nada aquí que me encanta." Ben tiene ganas de gritar pero en vez de gritar le dice al señor

Salinas:

—Sí, es emocionante estar aquí.

El señor Salinas sonríe.

—El Salvador no es los Estados Unidos —
le dice—. Pero no te preocupes. Es un país maravilloso.

Ben no contesta nada. Piensa que el señor
Salinas está un poco loco.

Durante el viaje a San Vicente, Ben observa mucho. Ve que las carreteras de El Salvador son muy buenas. En El Salvador hay muchas autopistas o carreteras con espacio para
cuatro carros.

Ben ve que hay muchos vendedores. Ven-
den comida, fruta, ropa, discos compactos y
otras cosas.

Se nota que hace calor en El Salvador. La
ciudad de San Salvador está situada cerca de
la costa. Si uno está en las montañas no hace
mucho calor pero cerca de la costa hace calor
durante todo el año.

Durante el viaje en bus Ben ve mucha ve-
getación. Todo se ve verde. Hay muchas plan-
tas de café y plátanos. Está sorprendido de ver
una planta de plátanos. No sabe si es un árbol
o solamente una planta. Ben nota que los plá-

tanos van hacia arriba cuando están formán-
dose en la planta. La planta produce una flor
muy bonita de color morado.

El viaje le parece interesante pero prefiere
el país de McDonald's y Pizza Hut aunque hay
McDonald's y Pizza Hut en El Salvador.

Capítulo cuatro

El viaje a San Vicente dura casi dos horas. Ben está muy contento de estar allí en San Vicente. Ya no tiene que viajar más. En el centro de la ciudad hay mucha gente. Hay mucha evidencia de la destrucción del terremoto. Enfrente de la plaza están las ruinas de la catedral. Está prácticamente destruida. Ahora están construyéndola de nuevo. Hay un reloj grande. La hora en el reloj es 8:16. El reloj ya no funciona. Ésa fue la hora exacta en que el terremoto comenzó. Al otro lado de la plaza se ve un edificio grande y blanco. Parece que es un edificio del gobierno pero es un edificio que nadie puede usar. El edificio da la impresión que se puede caer. No se permite entrar a nadie. Una pared está separada totalmente del resto del edificio.

Mientras Ben observa todo, tres personas se acercan. Son dos hombres y una mujer.

—Buenas tardes —les dicen a Ben y al señor Salinas.

—Buenas tardes —responden ellos.

El señor Salinas dice:

—Ben, te presento al señor Melara y a tu familia aquí en San Vicente. Son el señor y la señora Zamora.

Los señores Zamora y el señor Melara le dan la mano a Ben.

Los señores Zamora le dicen:

—Hola, Ben. Eres bienvenido a El Salvador y a nuestra casa.

El señor Melara le dice:

—Yo soy el director local del programa. Estoy aquí para ayudarle con cualquier necesidad en El Salvador.

—Es un placer conocerles. Muchas gracias —les contesta Ben.

—Estoy seguro que lo va a pasar muy bien con ellos. Son muy simpáticos —le dice el señor Melara a Ben.

—Vas a vivir en nuestra casa. Estamos muy contentos —le dice la Sra. Zamora—. Eres bienvenido a nuestra casa.

—Tenemos mucho que hacer mañana —le dice el señor Zamora—. Vamos.

Ben y los señores Zamora se despiden del señor Melara y del señor Salinas. Caminan hacia un pickup.

—¿Tienes hambre? —le pregunta la señora Zamora a Ben.

—Sí, tengo mucha hambre. Quiero comer —le contesta él.

—Vamos a comer en una pupusería —le dice la señora—. ¿Te gustan las pupusas?

Ben no sabe lo que es una pupusa. Pero piensa que va a querer comerla. Le gusta la comida mexicana. Le encanta comer en Taco Bell.

El señor Zamora toma la maleta de Ben y la pone dentro del pickup y cierran con llave. Caminan un rato y llegan a un restaurante. Es una pupusería. Entran. En unos minutos el hombre del restaurante le da a Ben una pupusa. Es una tortilla gorda. Es muy gorda y gruesa. Ben no tiene idea de lo que es. Piensa que es comida salvadoreña.

—Cómela. Es buena. Tiene frijoles y queso —le dice la señora.

Ben come porque tiene mucha hambre. No hay otra comida. No sabe si le gusta pero come. Ben sabe que no es comida de Taco Bell pero come todo. ¿Quieres un licuado? —le pregunta la señora a Ben.

—Sí, cómo no —le responde.

El hombre en el restaurante le da un vaso de leche a Ben. Ben prueba. Le gusta mucho. La leche es muy dulce y tiene sabor a fruta. Ben piensa que tiene sabor a fresa y le gusta mucho. También la leche es rosada así que Ben piensa que un licuado es una mezcla de leche con fruta y azúcar.

Después de comer, se suben al pickup. Van a ir a Santa Lucía, el pueblo donde viven los Zamora. Está a media hora de San Vicente. Mientras van hacia Santa Lucía, Ben observa mucho. Todo es nuevo para él. Mira las casas y la gente en la calle. Parece que todos están vendiendo algo. Las casas son pequeñas. Parecen que son de adobe o cemento. Algunas tienen techos de metal. Ben se da cuenta de que la gente de El Salvador necesita su ayuda. Todavía no quiere estar en El Salvador pero puede ver la necesidad de su visita. Se siente solo y triste.

Mientras se acercan a Santa Lucía, Ben nota que hay casas con daños causados por el terremoto.

En Santa Lucía hay solamente unas pocas tiendas pequeñas. Hay una escuela y una iglesia. Ben lo observa todo. Ben ve algunas casas con muchos daños. Ve casas sin techo. Parece que van a caerse en cualquier instante.

Llegan a una calle que no tiene pavimento. Es una calle de tierra. Ellos pasan unos minutos por la calle de tierra y por fin llegan a la casa de los Zamora.

—Sufrimos mucho a causa del terremoto. Casi todas las casas aquí se cayeron durante el terremoto —le dice el señor Zamora.

—Fue horrible. Yo estaba fuera de la casa con los animales. En un instante, todo comenzó a temblar. Parecía el fin del mundo. Vi caerse las casas de mis amigos. Se cayeron. Cuando el terremoto terminó, todos comenzamos a buscar a nuestros amigos y vecinos para ver si estaban vivos o no. Muchos estaban heridos y otros murieron. Nuestra familia tuvo suerte porque todos estábamos con vida —cuenta la Sra. Zamora.

Ben entra en la casa pequeña. Es tan pequeña. En la casa casi no hay nada. Hay un refrigerador y una estufa pero no hay un horno de microondas. Hay tres sillas pero no hay sofá. Hay un baño y dos dormitorios. No es como las casas en California.

—Bienvenidos a nuestra casa —le dice el señor Zamora—. Aquí está tu dormitorio.

Ben entra en el dormitorio y no lo puede creer. Hay una cama y una mesita. No hay una computadora ni televisión. Ben no entiende como puede vivir la gente sin juegos de video.

—Tenemos mucha suerte porque nuestra casa no se cayó —le dice la señora—. La mayoría de las casas de este pueblo se cayeron durante el terremoto.

—Es cierto que tienen mucha suerte —le contesta Ben.

Pero Ben no cree lo que dice. Piensa que tienen una vida terrible. No tienen las cosas normales de la vida como un microondas o una computadora.

Hay otro cuarto. La puerta de ese cuarto está cerrada.

—¡Anabel! —llama la señora—. Ven a conocer a Ben.

La puerta se abre y una chica sale. Ben no lo puede creer. Es una chica hermosa. Ella es más hermosa que Mindy. Es la chica más hermosa que ha visto en su vida.

—Anabel es nuestra hija —le dice el señor.

—Mucho gusto —dice Ben.

Anabel se ríe y dice:

—Otro chico de Estados Unidos aquí. ¿Vienes a ayudar con las casas?

—Sí —contesta él.

Anabel tiene el pelo largo y bonito. Tiene ojos grandes y castaños. Parece modelo. Es tan bonita. Ríe mucho.

—Bienvenidos a nuestro pueblo —le dice Anabel—. Estamos contentos de tener otro norteamericano aquí.

Después sale una niña de ocho años. Se parece a Anabel pero es más joven.

—Hola —le dice la niña—. Soy Rosa. Tengo ocho años. Bienvenido a nuestra casa.

—Es mi hermanita —dice Anabel—. ¿Tienes hermanos en tu familia?

—No. Soy hijo único. No tengo hermanos ni hermanas.

—¡Qué triste! —le dice Anabel.

—Tenemos un hermano pero no vive con nosotros. Va a la universidad. Vive en San Salvador. Tú vas a dormir en su dormitorio —le dice Rosa.

—Qué bueno. Me gusta —les dice Ben.

—Es muy tarde —les dice la señora Zamo-

ଋ ଓ ଋ ଓ

ra—. Tenemos mucho que hacer mañana. Es hora de dormir.

No es tan tarde. Generalmente Ben no se acuesta hasta las doce de la noche pero hoy es una excepción. Esta noche no va a ver a Jay Leno en la tele. No va a jugar en su computadora. Esta noche no. Está muy cansado. Todos se van a acostar y él también se va a acostar. Entra en el dormitorio. La cama no es muy cómoda. Ben quiere estar en California. Quiere hablar con sus padres y con Mindy. Pero esta noche no puede. Se acuesta en la cama incómoda y en unos segundos se duerme.

Capítulo cinco

La noche pasó rápido. Ben no puede creer cuando la Sra. Zamora toca a la puerta. Se despierta.

—A comer —le llama la señora.

Ben se levanta y sale de la cama. Tiene hambre. Siempre tiene hambre. Quiere un desayuno grande. Piensa en un desayuno bueno. Huevos, jamón y pan tostado. Le encanta tomar un buen desayuno. Llega a la mesa. La familia ya está sentada. Antes de comer, la familia no ofrece una oración para bendecir la comida. Ben sabe que la mayoría de las personas en El Salvador son religiosas así que está un poco sorprendido porque no dicen una oración antes de comer.

Ben mira la comida en la mesa. No lo puede creer. Es arroz, frijoles y tortillas. No hay huevos, ni jamón ni pan tostado.

—Hoy vamos a trabajar mucho. Vamos a empezar a construir una casa nueva. Vamos a trabajar en la casa nueva de la familia Guerra

—le dice el señor a Ben.

—La pobre familia no tiene madre. Se murió en el terremoto —le dice la señora a Ben.

Anabel se ve muy hermosa hoy. Se parece a Jennifer López. Pero Anabel es más hermosa todavía.

Toda la familia come con mucho entusiasmo. Ben come pero no le gusta. Más arroz. Más frijoles. Más tortillas. Después el Sr. Zamora les dice:

—Vamos a trabajar.

Se levantan todos. Van al pickup. Se suben. Rosa y Anabel van con el Sr. Zamora y Ben. Mientras van hacia el lugar, hablan. Anabel quiere saber como es la vida en los Estados Unidos.

Anabel le cuenta que tuvieron una estudiante de los Estados Unidos el verano pasado. Se llamaba Stacy. Solo estuvo con ellos dos semanas. No le gustaba la vida de El Salvador.

—Voy a quedarme todo el verano —les responde Ben, pensando en el carro nuevo que va a tener después del verano.

Ben lo observa todo. Ve un río. Hay gente en el río. Hay personas que van al río para buscar agua. Incluso hay unas niñas muy pequeñas que ayudan con el agua.

Anabel y el señor Zamora hablan de la vida. Parece que ellos conocen a todos. En unos minutos paran. Están enfrente de una casa pequeña. O parte de una casa. Parte de la casa no está. Parte de la casa está destruida.

—Ésta es la casa —le dice Anabel a Ben—. Vamos a comenzar a trabajar.

—Está bien —contesta Ben.

Ben quiere trabajar con las chicas. Quiere mirar a las chicas bonitas durante todo el día. También quiere conversar con ellas. Quiere saber como son sus vidas aquí en El Salvador. El día va a pasar rápidamente si puede hablar con las chicas. Con Anabel y Rosa el tiempo va a pasar muy rápido.

Capítulo seis

El tiempo no pasa rápido. Ni con Anabel y Rosa. Ni con Jennifer López puede pasar rápido este trabajo. Es imposible.

El trabajo es terrible. Es muy difícil. Ben prepara bloques de cemento todo el día. Tiene que hacer todo a mano. No tienen máquinas para hacer menos duro el trabajo. No quiere nunca volver a trabajar con las manos. Va a ir la universidad. Va a estudiar. Va a ser profesor, médico o ingeniero. Va a trabajar en cualquier profesión menos en la construcción. Nunca quiere construir nada. Al final del día, le duele la espalda. Le duele la cabeza. Le duele todo. Las manos están muy sucias. Su ropa está sucia. Todo está sucio. Y tiene hambre. En el almuerzo come arroz con frijoles. Solo quiere ir a la casa de los Zamora para comer una cena deliciosa.

La única cosa buena, en la opinión de Ben, es hablar con las chicas. Es muy interesante hablar con ellas y aprender de ellas. Quiere saber lo que piensan.

Ben le dice a Anabel:

—Una chica tan bonita como tú en California probablemente es una animadora.

—¿Animadora? —le pregunta—. ¿Qué es una animadora?

—Muchas de las chicas bonitas en los Estados Unidos son animadoras. Una animadora va a todos los partidos de fútbol. Cuando hay un *touchdown*, las animadoras gritan con mucho entusiasmo.

—¿Qué es un *touchdown*? —pregunta Anabel.

—Aquí se juega el fútbol con los pies. Allá hay un deporte que también se llama fútbol pero es diferente. Se juega más con las manos. Un chico tira la pelota a otro y éste corre. Si el chico corre mucho, marca un touchdown. Vale seis puntos. Es muy diferente al fútbol de aquí —le explica Ben.

—¿Y las escuelas tienen equipos de fútbol? —le pregunta Anabel.

—Sí. Cada escuela secundaria tiene un equipo de fútbol. Compite contra otras escuelas secundarias. Es muy importante jugar bien para ganar la competencia entre las escuelas —le contesta Ben.

—No quiero ser animadora —le dice Anabel—. Quiero ser doctora.

A Ben eso le parece raro. Piensa que una persona tan pobre no puede llegar a ser doctora.

—¡Qué bueno!, Anabel —le dice Ben—. Una doctora. ¡Excelente! ¿Cómo es tu escuela?

—Está lejos de aquí —le contesta Anabel—. Donde vivimos hay una escuela primaria. No hay una escuela secundaria. Mi escuela está en San Vicente. Es una escuela católica. Es una escuela muy difícil. Estudio muchísimo en la escuela. Quiero tener éxito. Quiero ser doctora. ¿Y tú?

Ben piensa. No estudia mucho en la escuela. Tiene buenas notas. No son excepcionales. No le gusta estudiar mucho. No le gustan tanto las tareas.

—A veces estudio —le dice Ben—. Pero no mucho.

—Vamos a la casa a comer —les grita el Sr. Zamora.

—Por fin —les responde Ben—. Estoy tan cansado.

—¿Cansado? —le contesta Anabel—. ¿Por

qué? Hoy es un día corto. Vamos a casa temprano.

—Bueno, no estoy muy cansado —le dice Ben—. Estoy un poco cansado. Probablemente estoy cansado por el viaje.

Ben no está diciendo la verdad. Ben no está un poco cansado. Está más cansado que nunca. Ahora está más cansado que en toda su vida. No lo puede creer.

Anabel sabe que Ben está muy cansado y sonríe. Anabel sabe que Ben no está acostumbrado a trabajar, trabajar realmente.

Todos vuelven a la casa de los Zamora para cenar. Se sientan a la mesa. Comen casamiento. Es una mezcla de frijoles, arroz y queso. Ben está muy contento porque está comiendo algo con queso. Come y come. La comida está buena esta noche. Le parece superbuena después del día de trabajo tan duro.

Capítulo siete

El tiempo pasa y Ben se acostumbra a la vida en El Salvador. La vida es dura. Muy dura. No sabía que hay personas con vidas tan duras. Pero ya sabe que su familia es la familia más rica de su pueblo. Hay dos otras familias con carros. La familia Zamora tiene agua corriente en la casa. Esto no es lo normal en el pueblito. Todos en el pueblito cultivan algo. Cultivan maíz y frijoles. Trabajan duro. Todos cuentan historias sobre el terremoto. Todos tienen vidas duras.

Pero todos se ven felices. Es muy raro. Ben no sabe por qué están tan contentos. No tienen cosas materiales. Tienen casas pequeñas. No tienen carros. Trabajan todo el día y trabajan duro. No es vida en la opinión de Ben. No entiende por qué todos se ven contentos.

Un día Ben está hablando con Anabel:

—¿Cómo viven sin grandes centros comerciales? ¿Sin computadoras y autos modernos?

Anabel mira a Ben:

—Tú. Pobre gringo. Pobre norteamericano. No entiendes la vida de aquí.

—¿Yo? ¿No entiendo? —le pregunta Ben—. ¿Por qué dices que no entiendo? Creo que tú no entiendes lo buena que puede ser la vida con todo lo que tenemos nosotros. Nosotros tenemos suerte porque lo tenemos todo.

Anabel se ríe. Ahora Ben sabe que Anabel se ríe de él.

—Tú crees que lo sabes todo, Ben Sullivan. Pero no es cierto. No lo sabes todo. Vienes aquí a El Salvador para trabajar con los pobres. No necesitamos tu ayuda. Nosotros estamos perfectamente bien sin tu ayuda. ¿Por qué no vuelves a California? Vuelve a tus casas grandes y tus carros hermosos. Vuelve a tus computadoras y a tus autos modernos.

Ben está sorprendido. Ben ha trabajado muchísimo con Anabel. Ha trabajado mucho con ella en el verano. Han hablado. Ben piensa que son amigos. Ben piensa que Anabel es su amiga. Piensa que Anabel podría ser su novia. (Mindy no le escribió ni una sola vez durante el verano.)

Pero ahora Ben no sabe. Ben no sabe cómo es Anabel. Parece una chica de otro planeta.

¿Por qué está así? Ben no entiende a la chica. No entiende a la chica, ni la cultura, ni nada. No está seguro de nada. Lo único que Ben sabe es que Anabel no está contenta con su manera de pensar. Los dos son de mundos tan diferentes. Tan diferentes.

—Tal vez regreso a California —le responde Ben a Anabel—. No entiendo la vida aquí. Todo es tan diferente. Voy a regresar a la civilización. Voy a regresar donde todo está civilizado.

Ahora Anabel está muy enojada. Grita:

—¡¿Civilizado?! ¿Qué estás diciendo? Crees que Uds. son los únicos civilizados del mundo. ¿Los gringos? Ben, tú no sabes nada. Nosotros somos mucho más civilizados de lo que tú crees. Sabemos lo que es importante en la vida. No necesitamos computadoras ni autos nuevos. No tenemos que vivir en una casa grande. Ben, somos ricos sin esas cosas. Pero tú nunca vas a comprender eso.

—Uds. no saben como es la vida con todo lo que tenemos. No saben lo buena que es la vida. Quiero volver a California donde tengo una buena vida. ¡No me gusta nada de aquí! —le grita Ben.

—¡Sal! ¡Sal de aquí! —le grita Anabel—.
No te necesitamos. Podemos construir nuestras casas con nuestras propias manos. No necesitamos tus manos. No necesitamos gringos
ricos aquí en El Salvador.

Ben sale. Ben está cansado de todo. Está
harto de todo. No más. No quiere nada más de
la vida de El Salvador. El experimento ya terminó. Solo quiere volver a California. Sale de
la casa y camina. Sigue caminando. Sigue
pensando. Tal vez va a caminar hasta California.

Ben va al río. Se sienta. Se lava las manos
en el agua. No le gusta nada de aquí. No le
gusta el trabajo. No le gusta el calor. No le
gusta construir casas. No le gusta hablar español. Y ahora no le gusta Anabel.

Es el 5 de agosto. Le falta solamente una
semana para terminar el verano. Mañana es
un día festivo. Todos hablan del día. Dicen
que es una celebración importante en El Salvador. Es un día en honor de la Santa Patrona de El Salvador. Mañana Ben no tiene que
trabajar. Nadie trabaja durante un día festivo. Tal vez va a quedarse allí al lado del río.
Va a estar solo durante todo el día. Tal vez

puede olvidarse de todo. Puede olvidarse de la gente de El Salvador. Puede pensar y estar solo. Puede pensar en su familia en California y su casa.

Pero ahora Ben tiene hambre. Quiere comer. Es tiempo de cenar. Más que nada Ben quiere cenar en McDonald's, Domino's o Wendy's. Pero tiene tanta hambre que comer casamiento le parece muy bien. Cuando Ben vuelve a la casa, está muy triste y enojado. Una semana más. Una terrible, sucia semana más y va a volver a su hermoso país. Va a volver a su vida antigua.

Capítulo ocho

Ben se despierta al día siguiente. Se siente mejor. Está muy relajado. Mira su reloj. Son las nueve de la mañana. Es muy tarde. Ben durmió mucho. Siempre se levanta temprano para ir a trabajar pero hoy no tiene que trabajar. Es un día festivo.

Se levanta y va al comedor. Toda la familia ya está despierta. Las chicas están en la cocina. Están preparando una comida grande. Están preparando frijoles y arroz. Pero hoy hay algo nuevo. Hay tamales. La cocina huele muy bien. El Sr. Zamora está fuera de la casa. Está dando de comer a los pollos.

Ben mira a Anabel. No sabe que decirle. No sabe si ella todavía está enojada. No quiere pelear con ella. ¿Qué puede decirle después de todo ayer?

—Hola. Parece que dormiste mucho —le dice la Sra. Zamora.

—¡Qué bueno! —le dice Rosa—. Hoy es un día muy divertido. Es El Salvador del Mundo.

—Sí. Es un día festivo muy importante aquí, en honor de la Santa Patrona de El Salvador —le contesta la Sra. Zamora.

—¡Qué bueno! —le dice Ben.

Ben se sienta y come arroz.

—¿Qué hacen durante la fiesta? —le pregunta Ben.

—Hay una celebración. Un desfile. Comemos. Es un día fantástico —le dice la Sra. Zamora.

—Comemos todo el día —le contesta Rosa—. Hasta la medianoche.

—Hay fuegos artificiales también —le dice la señora.

—¡Qué bueno! Me encantan. Nosotros tenemos fuegos artificiales cada 4 de julio, el día de nuestra independencia —les dice Ben.

—A las doce de la noche hay muchos fuegos artificiales —dice Rosa.

El desfile comienza en la tarde. Ben va con la familia. Anabel está al lado de Ben durante el desfile. No habla con él. Ben ve que el desfile es muy diferente a los desfiles americanos. El desfile comienza con los líderes religiosos. Los desfiles en los Estados Unidos comienzan con los bomberos o la policía pero aquí comienzan con los líderes de la iglesia. Es muy interesante observarlo todo.

—En El Salvador tienen mucho respeto hacia los líderes religiosos, ¿no? —le pregunta Ben a Anabel.

Anabel mira a Ben. Está sorprendida porque Ben le habló.

—Sí, es verdad —le contesta ella.

Anabel tiene la voz fría. Ben y Anabel no hablan más durante el desfile.

Después del desfile todos van a la plaza. Hay mesas allí y todos se sientan. Hay mucha comida en las mesas. Hay arroz, frijoles, tortillas. Hay tamales y queso. Hay pupusas. Hay fruta fresca con crema. Hay licuados, café y gaseosas. Todo se ve sabroso. Aun los frijoles y arroz.

Ben tiene un plato grande de comida. Se sienta y come con los otros. Habla con sus amigos. Habla con los Zamora. Habla con otros amigos. Lo mira todo. Se da cuenta de que tiene muchos amigos aquí en El Salvador. Son más que amigos. Son como familia. La gente aquí es diferente. Ben cree que la gente aquí vive con más amor, más cariño. Ben no sabe exactamente lo que es, pero sabe que hay algo aquí en esta cultura que no existe en los Estados Unidos.

Ben sigue observando. Las familias son muy unidas. Hoy las familias están muy juntas. Los niños están con sus familias. Están jugando y sonriendo. Ben ya tiene casi tres meses con estas personas en el pueblito. Piensa en el primer día. Toda la pobreza. No tienen computadoras ni casas grandes. Pero tienen algo que sus amigos no tienen. Ben no sabe exactamente lo que es. Solo sabe que ellos tienen algo.

Ben entiende una cosa. Anabel tiene razón. Estas personas son ricas. No necesitan casas grandes para ser felices. No necesitan computadoras para sentirse contentas. Son felices sin todas esas cosas. Son realmente felices por lo que tienen.

Tienen familia y amigos. Tienen cariño. Tienen sus iglesias y tienen comida. Tienen todo lo que necesitan para ser felices.

Es cierto que hay tristeza aquí. No son perfectos. Hay enfermos. Terremotos. Hay problemas. Pero tienen vidas simples. No tienen vidas complicadas. Viven felices.

Ben tiene que encontrar a Anabel. Tiene

que pedir perdón. Quiere decirle que ella tiene toda la razón. Ben realmente quiere mucho a la gente aquí en El Salvador. Es extraño pero es verdad.

Ben encuentra a Anabel. Está con dos amigas. Están charlando. Se sienta al lado de ella. Anabel no mira a Ben. Sigue comiendo y charlando con sus amigas.

Ben espera unos minutos. Por fin las dos amigas se levantan y van a servirse más comida. Ben ya tiene su oportunidad. Anabel está sola con él.

—Anabel —le dice Ben—. Perdóname.

—¿Por qué? —pregunta ella.

— Por todas las cosas que dije de El Salvador. Tienes razón. Yo estaba equivocado cuando hablé de tu país y lo comparé con mi país. Tienes una vida superbuena aquí. Veo que tienen todo lo importante —le contesta él.

—¿Por qué piensas eso?, Ben —le pregunta Anabel.

—Ahora veo todo con claridad. Hoy en este día festivo veo a la gente aquí —le responde Ben—. Veo a familias unidas. Familias con mucho amor. Niños sonriendo. Gente feliz.

—Ben, es cierto. Somos felices —le dice

Anabel—. Es cierto que a veces quiero tener más. Quiero tener ropa más bonita o más cara. Quiero tener todas las cosas que Uds. tienen. Pero tenemos todo lo importante.

—Ya entiendo eso, Anabel —contesta Ben—. Ya veo lo mucho que tienen.

—Vamos, Ben —dice ella.

Los dos se levantan. Juegan. Bailan. Bailan hasta muy tarde en la noche. A las doce de la noche hay fuegos artificiales. Todo es hermoso. La vida es buena.

Capítulo nueve

Ben sale del avión. El aire es fresco en San Francisco. Ben sale del avión usando su guayabera, su camisa de El Salvador. Busca a sus padres. Ben está emocionado.

—Ben. Aquí estamos —le grita su madre.

Ella corre hacia él. Está llevando su ropa Donna Karen. Está sonriendo. Se siente muy contenta de ver a su hijo.

El padre de Ben está con ella. Él también está muy contento de ver a su hijo después de tres meses.

—¡Mamá! ¡Papá! —les grita Ben.

Corre hacia ellos. Está muy contento de verlos. Les da un gran abrazo.

—Ben, te ves muy bien, muy guapo —le dice la mamá—. Con esos músculos grandes, se ve que trabajaste mucho.

Es verdad que Ben tiene músculos más grandes.

—Sí, mamá. Construir casas es mejor que hacer ejercicios en el gimnasio.

—Te ves maravilloso —le dice el padre.

Los señores Sullivan van al carro con Ben. Ben les habla de todo. Les cuenta de la comida, el terremoto, el trabajo duro, la gente. Les cuenta de los volcanes y la vida en un pueblito salvadoreño.

—Veo que estás contento de estar aquí de nuevo. Ha pasado mucho tiempo, Ben. Me alegro mucho de verte —le dice la mamá.

Ben está contento pero algo es raro. Extraña El Salvador. Extraña a la gente. Todo le parece diferente aquí ahora. La ciudad es muy grande. Todo parece rápido. Muchos carros nuevos. Mucha gente con ropa nueva.

Ben piensa en el otro mundo. El mundo del pueblito de Santa Lucía. Piensa en Anabel y la familia Zamora. California ahora le parece diferente.

Todos van a cenar. Cenan en el Steak Palace. Ben come bastante. La comida es sabrosa. No extraña los frijoles y arroz con tortillas.

Después de cenar quiere ir a la casa de Mindy. Quiere verla y hablar con ella. Quiere contarle de su verano en El Salvador. Ben no entiende por qué Mindy no le escribió pero quiere hablar con ella de todos modos.

Va a la casa de Mindy. Toca a la puerta. Mindy abre. Mira a Ben y grita:

—¡Hola, Ben! ¿Cómo estás? Te ves muy bien.

Los dos se abrazan. Mindy está hermosa. Tiene el pelo rubio, muy rubio comparado con el pelo de Anabel.

—¿Cómo te fue en París? —le pregunta Ben a Mindy.

—París es lo mejor. Puedes comprar de todo. La ropa de París es mejor que la ropa de aquí. Me encanta comprar. Me encanta comprar en París —le contesta Mindy. Mindy sigue hablando de París. Sigue hablando de ropa, ropa de diseñadores, ropa de París, zapatos de París. Ropa que cuesta mucho, pero no importa. Es ropa fantástica.

Ben quiere hablar de El Salvador. Quiere contarle sobre las familias. Quiere contarle del pueblito y del día festivo. Quiere contarle todo pero Mindy no le pregunta nada de su verano.

—Ben —pregunta Mindy—, ¿dónde está el carro, el carro nuevo?

—¿Mi carro? —pregunta él.

—Sí, Ben —contesta Mindy—. ¿Recuerdas

lo que es un carro? Nosotros tenemos carros en California. Probablemente no hay carros en Centroamérica. ¿No recuerdas? Fuiste a Centroamérica para obtener tu propio carro. Es la única razón por la que fuiste.

Ben no sabe qué decirle a Mindy. No lo puede explicar. No le puede hablar de El Salvador. Sabe la verdad. No puede hablar con ella de su verano. Mindy nunca podría entender. Mindy solo entiende de zapatos, ropa, París, carros y partidos de fútbol. No podría entender la vida en un pueblito en El Salvador.

—No tengo un carro ahora —le dice Ben.

En ese momento llega un chico con un Mercedes y estaciona el auto enfrente de la casa de Mindy. Es Jason Smithsonian. Es un chico muy popular de la escuela. Sus padres son muy ricos. Ya tiene su propio Mercedes.

Mindy sale de la casa y dice:

—Ben, llámame cuando tengas tu carro nuevo. Quiero verlo.

Mindy sale con Jason. Son la pareja perfecta. Los dos son muy guapos. Lo tienen todo. Tienen ropa de París y un Mercedes.

Ahora Ben lo ve todo con ojos diferentes. Mindy no es tan bonita como antes. Ben no quiere salir con Mindy.

Ben vuelve a la casa y escribe. Le escribe una carta larga a Anabel.

Capítulo diez

Al día siguiente Ben duerme hasta tarde. Está muy cansado de su viaje. Parece extraño dormir tanto. Se levanta y come cereal. Le encanta la comida de aquí.

El padre entra en el comedor. Es sábado así que los padres no tienen que trabajar.

—Bueno, hijo —le contesta el papá—, has tenido mucho tiempo para pensar en el carro. ¿Quieres un Chevy Cavalier? ¿Qué modelo quieres? ¿Un Mustang?

Ben no lo puede creer. Por fin puede tener un carro nuevo. Puede tener un carro que cuesta trece mil dólares.

—Papá, no sé. No estoy seguro —dice él.

—¿No quieres un Cavalier? No importa. Podemos comprar un Toyota o un Ford. No importa —le dice el padre.

—No, no. Ése no es el problema —contesta Ben.

—¿Cuál es el problema? —le pregunta el papá.

—Papá, sigo pensando en la gente de Santa Lucía. La mayoría de ellos no tienen carros. No tienen carros nuevos ni viejos.

—Es verdad, hijo —dice el papá.

—Las personas de Santa Lucía necesitan el dinero para tener donde vivir. Hay familias que todavía no tienen casa. Sufren debido al terremoto. Papá, ¿por qué no das el dinero del carro a la gente de Santa Lucía? Ellos necesitan casas más de lo que yo necesito un auto. No tenía un auto antes y no lo necesito ahora.

El padre de Ben casi se desmaya. No puede creer lo que está diciendo su hijo.

—¿Estás seguro?, Ben.

—Papá. Estoy seguro. No quiero el auto —le responde Ben.

—Estoy muy orgulloso de ti, hijito —le contesta el Sr. Sullivan—. Es increíble. Es maravilloso.

—Papá, me siento bien con esta decisión. Me siento muy bien —le dice Ben—. Puedo comprar un carro en el futuro pero ahora ellos tienen mucha más necesidad que yo.

—Ben, tú eres increíble —le dice el papá.

Ben sonríe. Come más cereal. Su padre piensa que es increíble. ¡Qué bueno! Tal vez le

dan un carro por su próximo cumpleaños. O
tal vez regresa a El Salvador.

LOS AUTORES

Lisa Ray Turner es una premiada novelista norteamericana que escribe en inglés. Es hermana de Blaine Ray.

Blaine Ray es el creador del método de enseñanza de idiomas que se llama TPR Storytelling y autor de varios materiales para enseñar español, francés, alemán e inglés. Ofrece seminarios para profesores sobre el método en muchos locales. Todos sus libros, videos y materiales se pueden conseguir por medio de Blaine Ray Workshops. Véase la página titular.

AGRADECIMIENTOS

Por su ayuda en la corrección de pruebas les estamos muy agradecidos a **Patricia Verano** de Merlo, Buenos Aires, Argentina, profesora de inglés que trabaja en el sitio de Internet www.english-and-more.com.

Aviso

En esta obra se usan los nombres de ciertos productos y empresas norteamericanos con el propósito de crear un ambiente socioeconómico realista para los alumnos norteamericanos que se cree que serán sus principales lectores. Este uso no debe interpretarse como aprobación ni respaldo de ninguno de los productos ni empresas mencionados.

Please Note

In this work the names of certain American products and companies are used for the purpose of creating a realistic socioeconomic environment for American students who are expected to be the main readers of it. This use should not be interpreted as an endorsement of any of the products or companies mentioned.

LAS SERIES

En orden de dificultad, empezando por la más fácil, las novelitas de Lisa Ray Turner y Blaine Ray en español son:

Nivel 1:

    A. *Pobre Ana**† (solo de Blaine Ray)

    B. *Patricia va a California** (solo de Blaine Ray)

    C. *Casi se muere**

    D. *El viaje de su vida**

Nivel 2:

    A. *Mi propio auto*

    B. *¿Dónde está Eduardo?*

    C. *El viaje perdido**

    D. *¡Viva el toro!**

* Existen versiones francesas:

    Pauvre Anne

    Fama va en Californie

    Presque mort

    Le Voyage de sa vie

    Le Voyage perdu

    Vive le taureau!

Otras están por salir.

† Existe una versión alemana:

    Arme Anna

Otras están por salir.

DISTRIBUTORS
of Command Performance Language Institute Products

Sky Oaks Productions
P.O. Box 1102
Los Gatos, CA 95031
(408) 395-7600
Fax (408) 395-8440
TPRWorld@aol.com
www.tpr-world.com

Miller Educational Materials
P.O. Box 2428
Buena Park, CA 90621
(800) MEM 4 ESL
Free Fax (888) 462-0042
MillerEdu@aol.com
www.millereducational.com

Canadian Resources for ESL
15 Ravina Crescent
Toronto, Ontario
CANADA M4J 3L9
(416) 466-7875
Fax (416) 466-4383
Thane@interlog.com
www.interlog.com/~thane

Multi-Cultural Books & Videos
28880 Southfield Rd. Suite 183
Lathrup Village, MI 48076
(248) 559-2676
(800) 567-2220
Fax (248) 559-2465
service@multiculbv.com
www.multiculbv.com

Applause Learning Resources
85 Fernwood Lane
Roslyn, NY 11576-1431
(516) 365-1259
(800) APPLAUSE
Toll Free Fax
(877) 365-7484
applauselearning@aol.com
www.applauselearning.com

Independent Publishers
International
Kyoei Bldg. 3F
7-1-11 Nishi-Shinjuku,
Shinjuku-ku, Tokyo
JAPAN
Tel +81-0120-802070
Fax +81-0120-802071
contact@indepub.com
www.indepub.com

Calliope Books
Route 3, Box 3395
Saylorsburg, PA 18353
Tel/Fax (610) 381-2587

Berty Segal, Inc.
1749 E. Eucalyptus St.
Brea, CA 92821
(714) 529-5359
Fax (714) 529-3882
BertySegal@aol.com
www.tprsource.com

Entry Publishing & Consulting
P.O. Box 20277
New York, NY 10025
(212) 662-9703
Toll Free (888) 601-9860
Fax: (212) 662-0549
lyngla@earthlink.net

Sosnowski Language Resources
58 Sears Rd.
Wayland, MA 01778
(508) 358-7891
(800) 437-7161
Fax (508) 358-6687
orders@SosnowskiBooks.com
www.sosnowskibooks.com

International Book Centre
2391 Auburn Rd.
Shelby Township, MI 48317
(810) 879-8436
Fax (810) 254-7230
ibcbooks@ibcbooks.com
www.ibcbooks.com

Edumate
2231 Morena Blvd.
San Diego, CA 92110
(619) 275-7117
Fax (619) 275-7120
edumate@aol.com

SpeakWare
2836 Stephen Dr.
Richmond, CA 94803
(510) 222-2455
leds@speakware.com
www.speakware.com

Authors & Editors
10736 Jefferson Blvd. #104
Culver City, CA 90230
(310) 836-2014
authedit@mediaone.net

Continental Book Co.
625 E. 70th Ave., Unit 5
Denver, CO 80229
(303) 289-1761
Fax (800) 279-1764
cbc@continentalbook.com
www.continentalbook.com

Alta Book Center
14 Adrian Court
Burlingame, CA 94010
(650) 692-1285
(800) ALTAESL
Fax (650) 692-4654
Fax (800) ALTAFAX
info@altaesl.com
www.altaesl.com

Midwest European
Publications
915 Foster St.
Evanston, IL 60201-3199
(847) 866-6289
(800) 380-8919
Fax (847) 866-6290
info@mep-eli.com
www.mep-eli.com

BookLink
465 Broad Ave.
Leonia, NJ 07605
(201) 947-3471
Fax (201) 947-6321
booklink@intac.com
www.intac.com/~booklink

Carlex
P.O. Box 81786
Rochester, MI 48308-1786
(800) 526-3768
Fax (248) 852-7142
www.carlexonline.com

Continental Book Co.
80-00 Cooper Ave. #29
Glendale, NY 11385
(718) 326-0560
Fax (718) 326-4276
www.continentalbook.com

David English House
6F Seojung Bldg.
1308-14 Seocho 4 Dong
Seocho-dong
Seoul 137-074
KOREA
Tel 02)594-7625
Fax 02)591-7626
hkhwang1@chollian.net
www.eltkorea.com

Tempo Bookstore
4905 Wisconsin Ave., N.W.
Washington, DC 20016
(202) 363-6683
Fax (202) 363-6686
Tempobookstore@usa.net

Delta Systems, Inc.
1400 Miller Parkway
McHenry, IL 60050
(815) 36-DELTA
(800) 323-8270
Fax (800) 909-9901
custsvc@delta-systems.com
www.delta-systems.com

Multi-Cultural Books & Videos
12033 St. Thomas Cres.
Tecumseh, ONT
CANADA N8N 3V6
(519) 735-3313
Fax (519) 735-5043
service@multiculbv.com
www.multiculbv.com

European Book Co.
925 Larkin St.
San Francisco, CA 94109
(415) 474-0626
Toll Free (877) 746-3666
info@europeanbook.com
www.europeanbook.com

Clarity Language Consultants
Ltd.
(Hong Kong and UK)
PO Box 163, Sai Kung, HONG
KONG
Tel (+852) 2791 1787, Fax
(+852) 2791 6484
www.clarity.com.hk

World of Reading, Ltd.
P.O. Box 13092
Atlanta, GA 30324-0092
(404) 233-4042
(800) 729-3703
Fax (404) 237-5511
polyglot@wor.com
www.wor.com

Secondary Teachers' Store
3519 E. Ten Mile Rd.
Warren, MI 48091
(800) 783-5174
(586)756-1837
Fax (586)756-2016
www.marygibsonssecondary
teachersstore.com

Teacher's Discovery
2741 Paldan Dr.
Auburn Hills, MI 48326
(800) TEACHER
(248) 340-7210
Fax (248) 340-7212
www.teachersdiscovery.com